Ursula Geier

Die geheimnisvolle Welt unserer Stubentiger

Das zweite Buch von Kater Samy

AF187840

Über die Autorin:

Ursula Geier, 1938 geboren, begann bereits im Alter von 14 Jahren mit ersten Kurzgeschichten. Seitdem nahm die Schreiberei eine zentrale Rolle ein. So veröffentlichte sie im Laufe der Zeit Tiergeschichten in Zeitschriften und verfasste Kolumnen. Während ihrer Jahre im Ausland engagierte sie sich für die Herausgabe einer deutschsprachigen Zeitung.

Weitere Titel der Autorin:
- Wie Rex und Cimba unseren Traum von Mallorca erlebten
- Der freche Fritz im Vogelhaus
- Übers Meer und Querfeldein
- Was Katzen wirklich mögen und was nicht
- Der Himmel ist nicht das Ende

Sie finden mich im Internet unter:
http://urska.jimdo.com

Ursula Geier

Die geheimnisvolle Welt
unserer Stubentiger

Das zweite Buch von Kater Samy

Bibliographische Informationen der Deutschen Bibliothek:
Die Deutsche Bibliothek verzeichnet diese Publikation
in der Deutschen Nationalbibliographie; detaillierte bibliographische Daten sind im Internet über
http://dnb.ddb.de abrufbar.

© Mai 2017 – Ursula Geier

Herstellung und Verlag:
BoD - Books on Demand, Norderstedt
Printed in Germany

Titelfoto: Sonja Groß

ISBN 978-3-74-481559-8

Meine geheimnisvollen Abenteuer

Menschen denken immer, ihre Katzen fangen in der Nacht Mäuse und streunen nur einfach so herum, aber dem ist nicht so. Wir Katzen treffen uns oft schon am frühen Abend und warten dann bis alle versammelt sind. Das kann oft Stunden dauern, denn wir leben in verschiedenen Orten. Und bevor wir uns alle treffen, müssen wir uns zuerst Bescheid sagen. Das nimmt natürlich auch einige Zeit in Anspruch.

Wir haben es nicht so einfach mit Telefon und Internet, wir müssen alles zu Fuß erledigen, und wir haben kleine Füße. Die schnellsten von uns laufen so schnell sie können und geben die Nachricht weiter.

Da wäre zunächst der Ort, er sollte geschützt sein und ziemlich in der Mitte von uns allen liegen, damit er leicht und gut erreichbar ist.

Bis alle am vereinbarten Ort eintreffen verhalten wir uns ruhig. Es muss nicht jeder wissen, dass wir wieder eine Zusammenkunft haben.

Außerdem wollen wir keine Hunde und Marder anlocken.

Endlich ist es soweit, alle sind gekommen und wie es seit langem so
der Brauch ist, ergreift der älteste
Kater das Wort. Jetzt ist es so still,
dass man die berühmte Stecknadel
im Heuhaufen hören könnte. Denn
wir Katzen haben Respekt vor dem
„Ältesten", er ist alt und weise und
meint es gut mit uns Katzen.
Er tröstet uns wenn wir Kummer
mit unseren Herrchen und Frauchen
haben und gibt uns Ratschläge, wie
wir uns verhalten sollen. Meist ist
es schon früh am Morgen, wenn wir
wieder alle nach Hause laufen. Dort
wundern sich unsere Menschen

wenn wir stundenlang schlafen, sie nennen uns „Faule Katzen", weil sie nicht wissen, was wir nachts so alles gemacht haben.

Irgendwann berichte ich euch davon, aber bis dahin erzähle ich euch was ich so unter Tags erlebt habe, das ist schon spannend genug.

Da muss ich einfach reinspringen

Ich freue mich jedes Jahr auf Weihnachten, weil da immer so leckere Päckchen kommen. Und die erkenne ich schon am Geruch, wie ihr wisst, haben Katzen einen besonders gut entwickelten Geruchssinn. Und wenn wie jetzt so kurz vor dem Fest ein paar mehr Pakete kommen, dann weiche ich meinem Frauchen nicht von der Seite. Und es lohnt sich, das könnt ihr mir glauben. Gerade gestern brachte der Paketbote ein Päckchen von einem bekannten Zoohandel. Leute das roch so herrlich nach Fleisch und Fisch und Leckerlies, da musste ich mich einfach daneben setzen. Mir dauerte es schon zu lange bis endlich das Päckchen geöffnet war und all die herrlichen Tütchen und Döschen zu sehen waren. Natürlich bekam ich von meinem Frauchen sofort ein leckeres Döschen in mein Schüsselchen und schleckte es gierig aus.

Aber das reichte mir nicht, ich wollte mehr und deswegen sprang ich schnell mitten in das Paket hinein und holte mir selber ein Tütchen heraus, mit dem ich sofort das

Weite suchte.

Frauchen kannte das schon und schaute mir zu, wie ich ungeduldig das Tütchen aufbiss und den Inhalt verspeiste.

Jetzt war ich zufrieden und legte mich satt in mein Katzenbettchen. Dort träumte ich weiter von den leckeren Sachen und war so richtig happy.

Ich dachte an die anderen Katzen denen es nicht so gut ging wie mir, manche mussten sich ihr Futter aus der Mülltonne holen und im Freien schlafen. Und deswegen beschloss ich mein Frauchen mit lautem

Schnurren zu belohnen um ihr zu zeigen wie lieb ich sie habe.

Ich habe mir meine Pfote verletzt

Erst vor wenige Wochen brachten mich freundliche Menschen in die Tierklinik, weil ich stark humpelte. Dort wurde ich auch gleich versorgt und bekam ein Schmerzmittel, weil meine Pfote verletzt war und sehr weh tat. So eine Aufregung und das in der Abendstunde!

Dann durfte ich fressen und schlafen. Mein Frauchen wurde verständigt und regte sich auf, dass ich verletzt war, doch die Tierärzte konnten sie beruhigen.

Am nächsten Morgen wurde ich abgeholt und sehr froh wieder zuhause zu sein. Schlimm für mich, dass ich nicht raus durfte und ein paar Tage noch ein Medikament bekam, das ekelhaft schmeckte. Ich humpelte immer noch aber ich wollte aus dem Haus und mit meinen Freunden spielen. Ich lief von einer Türe zur anderen und miaute kläglich. Mein Frauchen streichelte mich und redete mit mir, aber sie ließ sich nicht erweichen.

Dann kam endlich Frauchens Freundin und massierte meine Pfote und es wurde besser.

Nach zwei Wochen konnte ich schon wieder richtig rennen. Seitdem bin ich vorsichtiger, wenn ich von einer Mauer oder einem Baum springe, denn so schnell möchte ich nicht mehr in eine Tierklinik gebracht werden.

Trotzdem ist es gut, dass es Ärzte und Tierklinken gibt, die uns Tieren helfen. Das habe ich meinen Freunden erzählt und sie sagten es auch.

Jetzt freue ich mich wenn meine

kleine Julie kommt, das ist die Enkeltochter von meinem Frauchen,
sie streichelt mich immer ganz
lange und spielt mit mir, dann
schnurre ich ganz laut, das heißt ich
fühle mich sehr wohl und bin sehr
glücklich, dass es meine Julie gibt.

Schreck in der Abendstunde

Wie ihr ja alle wisst, bin ich der Kater Samy ein Freigänger. So nennt man Katzen, die nicht immer drin bleiben müssen, sondern auch raus gehen dürfen.

Darüber bin ich sehr froh, denn ich hasse es eingesperrt zu sein. Mein Frauchen versteht das, obwohl sie manchmal mit mir schimpft und mich einen „Bazi" nennt, das ist bayrisch und heißt „Herumtreiber". Wenn ich meine Katzenfreunde besuche, vergesse ich schon einmal nachts nachhause zu gehen.

Da wird mein Frauchen zornig und

spricht nicht soviel mit mir wie

sonst.

So war es vor einigen Tagen und da

war ich eigentlich gar nicht schuld,

sondern meine Pfote.

Ich wollte noch schnell vom Dach

springen, kam aber irgendwie ver-

kehrt auf dem Boden auf und vertrat

mir meine Pfote.

Es tat scheußlich weh und ich hum-

pelte zu meiner Katzenfreundin.

Ihr Frauchen sah mich und nahm

mich auf den Arm um zu sehen,
was mir fehlte.

Als sie meine Pfote berührte schrie
ich auf und sie brachte mich in die
Tierklinik. Das gefiel mir überhaupt
nicht, es war laut und andere Tiere
weinten. Ich wurde untersucht und
bekam eine Spritze, dann kam ich
in eine kleine Box.
Natürlich stellte man mir auch Futter hin, aber es schmeckte nicht so
wie zuhause.
Da ich einen Chip hatte, verstän-
digte man mein Frauchen, sie sollte
mich abholen. Ich wollte nur noch

heim und weinte mich in den
Schlaf.

Am nächsten Tag durfte ich nachhause. als ich ankam, schlief ich zuerst einige Stunden, denn die Nacht
in der Tierklinik hatte mich doch
sehr mitgenommen.

Heute bin ich traurig

Heute ist ein trauriger Tag für mich, den Kater Samy, weil ich jetzt zwei Wochen ohne meine Julie sein muss. Julie ist das kleinste Enkelkind von meinem Frauchen und ein ganz liebes Mädchen. Wenn sie uns besucht, dann spielt sie mit mir und füttert mich mit feinen Leckerlis.

Draußen im Garten spielen wir Fangen und auch Verstecken, das mögen wir beide gerne. Wir besuchen auch das Pferdle von unserem Ver-

mieter, das begrüßt uns beide immer mit einem fröhlichen Wiehern.
Wenn ich nicht zuhause bin, dann ruft mich meine Julie mit einem lauten: „Kater! Ich bin da, wo bist du"?
Und wenn ich sie höre, dann laufe ich ganz schnell zu ihr, weil ich mich freue, dass sie gekommen ist.
Und wenn wir alle spazieren gehen, dann bin ich natürlich auch dabei, das mag ich besonders gerne.
Gerne würde ich Julie besuchen, aber das kann ich nicht, den Tiere dürfen nicht ins Krankenhaus.

Und Julie ist seit heute im Krankenhaus zur Untersuchung. Ich würde
ihr gerne sagen, dass ich an sie
denke, aber das weiß sie bestimmt.

Und so warte ich darauf, dass sie
bald wieder nachhause kommt und
dann spielen wir wieder zusammen
und sie streichelt mich wieder und
erzählt mir was sie alles im Krankenhaus erlebt hat.
Bis bald, kleine Julie! Ich hab dich
lieb, du fehlst mir jetzt schon.

Ich bin der Herr im Haus

Jetzt im Winter bin ich gerne zuhause, weil es mir draußen zu ungemütlich ist.

Mir geht es so richtig gut, weil ich
mehrere Bettchen habe. Eines ist di-
rekt vor der Heizung und herrlich
kuschelig.

Das Andere ein kleines Häuschen
und eines meiner Lieblingsplätze,
dort verstecke ich mich oft, wenn
ich meine Ruhe haben möchte.

Aber so richtig wohl fühle ich mich
oben auf dem Kleiderschrank, von

dort oben kann ich alles überblicken und man sieht mich nicht sofort.

Ich lausche zufrieden dem glucksenden Zimmerbrunnen und setze gerade zum Sprung an, um dort zu trinken, als ich ein Mäusekind vor dem Brunnen entdecke. Ja, das gibt es doch nicht! Ich, der Kater, liege auf dem Schrank und das kleine Ding sitzt frech vor meinem Brunnen!

Hat die denn keinen Respekt vor mir, oder weiß sie vielleicht nicht, dass ich ihr Feind bin?

Mit einem Satz springe ich vom

Schrank um sie zu erschrecken, aber sie ist weg. Okay, dann werde ich mich auf die Lauer legen und warten, bis sie wieder auftaucht.

Ich versuche, nicht einzuschlafen, denn so geht es nicht. Ich bin hier der Herr und nicht das Mäuschen. Aber sie taucht nicht auf, ist wie vom Erdboden verschluckt. Das ärgert mich und ich durchsuche das ganze Zimmer, aber ich finde sie nicht.

Aber was ist das, sie hockt vor der Terrassentür und putzt sich.

Wie ist sie denn da hingekommen?

So geht das nicht, da muss ich hinterher! Schnell sause ich nach draußen, aber sie ist weg. So ein freches Ding!

Ich liege noch lange auf der Lauer, aber sie bleibt verschwunden. Okay, aber irgendwann kriege ich sie und dann zeige ich ihr, wer hier im Haus der Boss ist.

Warum magst Du mich nicht?

Ich bin ja wirklich ein friedlicher
Kater und mag auch die Katzenmä-
dels, die hier ab und zu auftauchen,
um mich zu besuchen. Aber in den
letzten Wochen werden die immer
dreister. Ich kann kaum noch vor
die Türe gehen, schon sind sie da
und miauen und schnurren mich an.

Inzwischen sind es schon drei, das
ist mir einfach zuviel, das nervt
mich. Dabei sind sie alle drei echte
Schönheiten. Eine ist ganz schwarz

und hat so ein kleines weißes Drei-
eck am Hals. Die andere ist schnee-
weiß mit großen grauen Punkten,
und die dritte ist braun und grau ge-
streift und hat von allen die schönsten grünen Augen.

Die gestreifte gefällt mir am besten,
aber sie ist leider sehr scheu und
will nicht mit mir schmusen. Die
anderen beiden sind mir echt zu
aufdringlich, schnurren und miauen
und werfen sich vor mir hin und
rollen sich herum, das macht mich
überhaupt nicht an.

Wenn ich nach draußen gehe, muss

ich immer erst prüfen, wo die Mädels gerade sind. Neulich hat eine sogar versucht durch meine Katzenklappe ins Haus zu kommen.

Da habe ich sie böse angefaucht und sie ist verschwunden. Die andere versucht immer durch die Terrassentür ins Haus zu kommen, oft sitzt sie miauend vor der Terrassentüre, aber ich beachte sie einfach nicht.
Nur die eine, die mir so gut gefällt, bleibt schüchtern, das ist doch wirklich ungerecht. Aber ich gebe die Hoffnung nicht auf und laufe ihr

immer wieder hinterher und hoffe,

dass sie mich eines Tages erhört.

Hilfe, mich gibt es doppelt!

In der letzten Zeit hat sich mein
Frauchen echt eigenartig verhalten.
Sie hat mich
gefragt, ob ich der Kater Samy bin.
Hat mich alle paar Minuten gerufen,
wollte dass ich reinkomme, obwohl
ich erst vor wenigen Minuten raus-
gegangen bin. Ich sollte auch mehr
fressen, und nicht so traurig
schauen, da musste ich mir doch
Gedanken machen.

Heute war sie total durcheinander,
sie ging raus um Holz für den Ofen

zu holen,

ich ruhte mich oben auf dem

Schrank aus.

Plötzlich schrie sie laut und ließ den

Korb mit dem Holz fallen und

rannte ins Haus. Richtig verstört sah

sie aus, so als sei sie einem Ge-

spenst begegnet. „Wieso liegst du

oben auf dem Schrank? Du warst

doch eben noch draußen im Car-

port!", fragte sie mich.

Ich sprang vom Schrank um nach-

zusehen, wen sie draußen gesehen

hatte, und tatsächlich da lag ein Kater der genauso aussah wie ich und knurrte mich an.

Natürlich verjagte ich ihn, aber es war schon komisch, sich doppelt zu sehen. Einen Unterschied gab es doch zwischen uns:

Ich hatte schönere Augen und einen dickeren Kopf, und ich konnte lauter schnurren, sagte mein Frauchen.

Und die musste es ja wissen.

Hilfe, ein schwarzer Mann!

Seit mein Frauchen einen Kamin-
ofen hat, bin ich noch lieber im
Haus. Gerade hatte ich es mir so
richtig gemütlich gemacht, da
tauchte ein total schwarzer Mann im
Wohnzimmer auf. Frauchen freute
sich ihn zu sehen, denn er brachte
das Glück mit sich, weil er ein Kaminkehrer war.

Ich war zu Tode erschrocken und
sauste so schnell ich konnte nach
draußen. Im Flur rutschte ich aus,

weil ich die Kurve zu schnell ge-
nommen hatte, dann setzte ich mich
unter die Tanne und wartete, bis der
große schwarze Mann in seinem
Auto davon fuhr.

Später erklärte mir Frauchen, dass
sie Kaminkehrer sehr gerne sehen
würde, weil sie Glücksbringer wären. Ich fürchte mich vor ihnen und
muss sie nicht unbedingt sehen.

Mein Herz hat so laut geklopft, dass
ich lange brauchte um mich zu beruhigen.

Zum Glück kommt der Schornstein-
feger, wie er noch genannt wird ,nur

einmal im Jahr um den Schornstein
zu fegen. Das mag ich auch nicht,
weil es so schreckliche Geräusche
sind.

Und warum Frauchen sich so freut,
wenn dieser schwarze Mann
kommt, das ist mir schleierhaft. Ich
mag ihn nicht und laufe ganz
schnell weg.

Das Mäuseballett

Ich saß im Wohnzimmer und träumte so vor mich hin. Leise Musik klang aus dem Radio, alles war still, aber obwohl ich alleine in meinem Ohrensessel saß, fühlte ich mich beobachtet.

Kein Luftzug war zu spüren, trotzdem bewegten sich die Blätter der Grünlilie. Zuerst sah ich nichts, dann entdeckte ich das winzige Mäuschen, das an den Blättern knabberte. Nach einer Weile sprang das Mäuschen in den nächsten Blumentopf und von dort erklomm es

den Stamm der Palme. Ich verhielt
mich ganz ruhig und schaute nur zu.
Jetzt schien das Tierchen die Musik
zu hören, denn es sprang auf den
Boden und lief vor, dann zurück,
und dann drehte es sich im Kreis.
Es schien ein musikalisches Mäuschen zu sein.

Ich ging leise auf Zehenspitzen in
die Küche um die Mausefalle zu holen, eine besondere Mausefall: eine
Lebendmausefalle. War die Maus
erst mal gefangen, öffnete ich die
Falle wieder und das Tierchen war
frei.

Doch dazu kam es gar nicht, das Mäuschen lief um die Falle herum und machte mit dem Mäuseballett weiter. Ich schlich mich zur Balkontüre und öffnete sie einen kleinen Spalt, und schon war das Mäuschen verschwunden.

Ich mag Mäuse eigentlich nicht, aber dieses kleine Ding hatte mich echt verzaubert.

Hilfe, Einbrecher!

An diesem Abend war ich früh zu Bett gegangen um wieder einmal lange zu schlafen. Irgendwann am frühen Morgen wachte ich auf und saß senkrecht im Bett. Es rumpelte und schepperte in meiner kleinen Diele und ich wollte wissen, was da los war.

Durch die Glastüre sah ich Schatten und hörte ein schleifendes Geräusch. Ich bewaffnete mich mit meiner Krücke und öffnete die Dielentür. Da saß mein Kater, schubste den Schirmständer vor sich her und knurrte laut. In dem Schirmständer hatte sich ein Mäusekind versteckt, das um sein Leben bangte.

Ich nahm den Schirmständer und stellte ihn vor die Türe. Das Mäuslein sprang schnell davon. Mein Kater war beleidigt und schaute mich den Rest des Tages nicht mehr an. Ich legte mich wieder in mein Bett und schlief weiter, um am nächsten Morgen diese kleine Geschichte zu schreiben.

So fängt man Mäuse

Frauchens Freundin war gekommen
und die beiden tuschelten wieder.
Klar, dass ich lauschte, das wollte
ich unbedingt wissen, was es wieder
so Wichtiges gab.
Dann packte die Freundin die Tüte
aus und heraus kam ein kleines Git-
terhäuschen.
„So musst du das machen!", sagte
Anja. „Hier an den kleinen Haken
hängst du ein Stückchen Käse oder
eine andere Leckerei und wenn das
Mäuschen dann hinein geht, klapp,
schnappt die Falle zu.

Das Mäuschen ist gefangen und du hast deine Ruhe."

„Nein, das kann ich nicht sagte mein Frauchen. „Ich kann das Mäuschen doch nicht so einfach umbringen."

„Tust du gar nicht, das ist eine ‚Lebendfalle'. Das Tierchen wird nicht beschädigt. Du machst die Lebendfalle draußen auf und das Mäuschen ist frei."

Und dann wurde die „Lebendfalle" in den Küchenschrank gestellt und die Türe zugemacht.

Schon nach zwei Tagen hörte ich einen Schrei von Frauchen und

sauste in die Küche. In der Falle saß
ein kleines Mäuschen. Mein Frauchen rief unseren Vermieter an, er
sollte das Tierchen befreien. Ich
wurde sicherheitshalber in ein anderes Zimmer gesperrt.

Jetzt öffnete Frauchen das Fenster
und unser Vermieter das Türchen
der „Lebendfalle"

Das Mäuschen sprang heraus und
ich hinterher. Leider war das Mäuslein schneller als ich und ich hatte
mich umsonst geplagt. Um aus dem
Zimmer zu kommen, musste ich auf
die Türklinke springen. Das gelang
mir auch.

Ich kam gerade noch rechtzeitig um
fast gleichzeitig mit der Maus aus
dem Fenster zu springen. Aber sie
war schneller und ich hatte das
Nachsehen.

Der Vermieter und Frauchen waren
einen Moment sprachlos. Schade
meinten sie, das wäre ein tolles
Foto geworden. Aber als Geschichte ist es ja auch schön.

Fabi ist gekommen

Seit einigen Tagen wurde über ihn gesprochen, er sollte für zwei Wochen unser Gast sein. Neugierig war ich schon, wollte wissen, wer dieser geheimnisvolle Fabi war.

Dann war es endlich soweit, Alexander, der Sohn von Frauchen, und Julie, die Enkeltochter von Frauchen, trugen einen großen Käfig ins Haus.

Zuerst sah ich nur Heu und Stroh, dann ganz hinten in der Ecke saß er, der Fabi.

Er sah schön aus mit seinem silber-
grauen Fell, den großen runden Augen und den langen Ohren. Auch
ein Häuschen hatte er, abwechselnd
saß er in oder auf dem Häuschen.

Ganz niedlich fand ich, dass sich
seine Nase immer bewegte und er
ständig fraß. Fabi war ein Zwergka-
ninchen und Julie liebte ihn sehr,
aber sie konnte ihn nicht mit in die
Ferien nehmen.
Deswegen kam Fabi zu mir, der
Oma von Julie und dem Frauchen
von Kater Samy.

Als der Fabi endlich im Gästezimmer auf dem Sofa stand, begrüßte ich ihn sofort und streckte meine Pfoten durch das Gitter, er erschrack und setzte sich sofort in die hinterste Käfigecke.

Leider durfte ich alleine nicht zu Fabi und mit Frauchen wollte ich nicht. Das Zimmer wurde zugesperrt und Frauchen ging immer wieder hinein um Fabi zu füttern und mit ihm zu reden.
Das gefiel mir gar nicht und deswegen kotzte ich in mein Bettchen.
Auch in Frauchens Bett ging ich

nicht mehr, ich schlief draußen im
Carport.

Nach dem Essen verdrückte ich
mich, ich war eifersüchtig, das
zeigte ich auch. Wenn ich gerufen
wurde kam ich ebenfalls nicht.
Manchmal wenn ich im Haus war,
rannte ich wie ein Wilder drinnen
herum um durchs Fenster wieder
das Haus zu verlassen.
Ich mag keinen Besuch, ich will alleine mit meinem Frauchen sein,
das soll sie ruhig wissen.
Eigentlich tut mir der Fabi leid, er
kann nicht wie ich draußen spielen.

Aber bald kommt Julie wieder und dann spielt sie mit ihm, da freut er sich bestimmt.

Und weil ich ein lieber Kater bin, kann der Fabi immer zu uns auf Besuch kommen. Vielleicht werden wir ja noch richtige Freunde.

Wer trickst hier wen aus?

Ich habe euch ja schon berichtet, dass ich in einer Nacht drei Mäuse für mein Frauchen angeschleppt habe. Das war eine echte Schwerarbeit; zuerst die Mäuse fangen und dann durch die Katzenklappe bringen.

Und jetzt kommt die grobe Undankbarkeit: Anstatt sich zu freuen, spinnt mein Frauchen nur rum, meckert und macht ein böses Gesicht. Dann spricht sie lange mit ihrer

Freundin in der blöden Tuschelspra-
che, die ich nicht leiden kann.

Es macht mich zornig und traurig
zugleich, ich will ihr doch nur eine
Freude machen und Geschenke
bringen.
Aber sie versteht es nicht und hat
sich etwas Neues ausgedacht: Sie
macht nachts die Katzenklappe zu,
ich kann zwar in die Diele, aber
nicht ins Haus, das ärgert mich,
weil ich mein Geschenk in der
Diele lassen muss.
Weil ich aber ein cleverer Kater bin,

springe ich mit der Maus aufs Fensterbrett und warte drauf, dass ich
rein gelassen werde. Ich habe kein
Glück, das Fenster bleibt zu und ich
mit der Maus draußen.

Jetzt habe ich die geniale Idee, die
Maus gut sichtbar vor die Haustüre
zu legen, und was soll ich euch sagen? Ich darf wieder ins Haus durch
die Katzenklappe.
Wenn Frauchen nicht aufpasst,
dann bringe ich die Mäuse heimlich
ins Haus. Da frage ich euch, wer
trickst hier wen aus?

Hört auf mit der Tuschelei

Neulich hat sich mein Frauchen mit ihrer Freundin unterhalten, sie haben getuschelt. Das kann ich gar nicht leiden, diese Tuschelei. Zuerst reden sie ganz normal, dann senken sie ihre Stimmen und tuscheln.

Es ärgert mich immer, wenn sie so leise tuscheln, dass ich fast nichts mehr verstehe. Dann weiß ich, dass es um mich geht. Wort wie „Spinner" „Sonderling" oder Dummerchen" fallen und die mag ich überhaupt nicht hören.

Menschen sind schon eine eigenartige Rasse, sie wollen alles bis ins kleinste Detail erkunden.

Warum ein Kater zu einem Fenster hinaus und zum anderen Fenster wieder herein kommt.

Warum er Wasser am liebsten aus dem Blumentopf-Unterteller trinkt und nicht aus seinem Napf.

Wieso er lebendige Mäuse mit ins Haus bringt, warum er Vögel fängt, oder wieso er keine Spinnen oder Käfer fressen will.

Auch vieles Putzen oder mehrmaliges Gähnen wird nicht gerne gesehen. Nicht einmal Nägel knabbern oder sich kratzen gefällt ihnen. Am liebsten wäre es ihnen, wenn man schnurrt, lieb schaut oder schläft.

Manches Mal möchte ich sie anschreien und ihnen sagen, dass ich eine Katze bin und alles das, was sie nicht mögen, gerne mache. Es gehört einfach zu mir und ich fühle mich wohl dabei. Und schließlich haben unsere Menschen ja auch ihre „Angewohnheiten" die wir nicht leiden können.

Am schlimmsten ist diese blöde Tuschelei, die geht mir echt auf die

Nerven. Und ein Spinner bin ich gar nicht, ich bin ein lieber Kater.

Drei auf einen Streich

Das sind Nächte, in denen ich nicht schlafen kam. Kein Lüftchen regt sich, kein Blättchen raschelt, es ist fast ein wenig gespenstisch. Da bin ich am liebsten draußen und fange Mäuse.

Heute waren es drei Stück, eine schöne Ausbeute, und viel Arbeit, denn ich brachte sie wie immer meinem Frauchen als Geschenk. Schon der Weg durch die Katzenklappe war nicht einfach, denn die Mäuschen lebten noch und versuchten mir wieder zu entwischen.

Die erste versteckte sich gleich im Schirmständer. Ich natürlich hinterher, aber sie machte sich ganz klein und ich konnte sie nicht fassen. Die zweite sauste hinter den Dielenschrank und war auch nicht greifbar. Erst bei der dritten klappte es und ich konnte sie durch die Wohnung jagen.

Das gefiel meinem Frauchen gar nicht und sie schimpfte mit mir. Aber ich ließ mich nicht aus der Ruhe bringen und jagte sie solange bis ich sie verspeisen konnte. Danach legte ich mich auf den Schrank und versuchte, das andere Mäuschen zu erwischen. Zwischendurch sprang ich in den Schirmständer bis er mit Getöse umfiel.

Jetzt war mein Frauchen echt böse und meckerte mich an. Ich sah ihr an, wie sie nachdachte. Da macht sie immer so ein komisches Gesicht.

Einige Tage später kam Frauchens Freundin und brachte ein komisches Gitterding mit. Da hinein legten sie Leckereien und tuschelten.

„So jetzt kehrt Ruhe ein" sagten sie und stellten das besagte Gitterding hinter den Schrank.

Das Ding nannte sich „Lebendfalle"
und sollte die Mäuse anlocken.

Bis jetzt hat sich nichts getan. Ich
werde es weiter beobachten und
euch dann wieder berichten, was
sich getan hat. Gemein finde ich es
trotzdem, denn wie soll ich jetzt die
Nager fressen, wenn sie sich in die
„Lebendfalle" flüchten?

Der Mäusewinzling hatte Glück

Vor drei Tagen brachte mir mein
Kater wieder ein Geschenk, eine
Feldmaus. Stolz legte er sie mir vor
die Füße. Ich bin nicht begeistert,
aber er ist ein Kater und er fängt
Mäuse.

In dieser heißen Jahreszeit kann ich
schlecht schlafen und saß früh um 5
Uhr in der Küche. Dort trank ich einen Kaffee und mein Kater saß vor
seinem Fressnapf.
Plötzlich sah ich von links einen
Schatten und später ein kleines

Mäuseschwänzchen. Dann dreht
sich das Mäuschen um und sah
mich mit seinen kleinen Knopfäug-
lein an.

Mir blieb fast das Herz stehen, als
das Minimäuschen auf den Fressnapf von meinem Kater zuging. Der
Kater fraß weiter und anscheinend
sah er das Babymäuschen gar nicht.

Der Winzling hatte sich ein Bröck-
lein vom Katzenfutter geholt und
verschlang es gierig. Dann holte er
sich wieder ein kleines Stückchen.
Auch der Kater fraß sein Futter

ohne sich um den kleinen Mäuse-
rich zu kümmern. Nur ich saß da
und konnte keinen Bissen runter
kriegen. Ich wartete darauf, dass
mein Kater den Kleinen verspeiste,
aber er tat so, als würde er ihn nicht
sehen.

Eine ganze Weile beobachtete Ich
das ungleiche Gespann.

Warum ließ er ihn am Leben? War
er ihm zu klein, oder mochte er
keine Mäusebabys?

Noch einige Male lief der Mäuse-
winzling hin und her, dann verschwand er hinter dem Schrank.

Mein Kater verzog sich in sein Körbchen und schlief. Ich bin richtig stolz auf meinen Kater und werde das Mäuschen weiter beobachten.

Keiner spielt mit mir

Ich bin nur noch müde und daran ist das Wetter schuld. Obwohl ich, der Kater Samy, fast jedes Wetter liebe, außer Sturm, da habe ich Angst.

Heute ist es wieder kühl, gestern war es schwül, und dann sind noch die Regenschauer, die ganz plötzlich und heftig alles pitschnass machen.

Meine Freunde sind natürlich alle in ihren Häusern und keiner spielt mit mir. Zuerst habe ich alleine gespielt, bin in meinen Katzentunnel gekrochen, habe meine Spielmäuse und die gefleckte Kuh durch die Luft geworfen und meine kleinen Gummibälle unter dem Schrank versteckt. Eine Weile versuchte ich, auf dem Schrank zu schlafen, aber da war wieder so ein ekelhaftes Spinnentier und hat mich blöde angeschaut.

Mein Kratzbaum war mir zu warm, dann setzte ich mich vor den Zimmerbrunnen und trank daraus, aber nach einiger Zeit regte mich das dauernde Geplätscher auf und ich ging nach draußen. Als ich es mir gerade auf dem Terrassentisch gemütlich gemacht hatte, erschreckte mich eine Wespe, weil sie dauernd um mich herum flog.

Ich verzog mich in mein Körbchen im Carport, aber hier bekam ich ebenfalls keine Ruhe: Das Glockenspiel von Frauchen klingelte mir die Ohren voll.
Ich beschloss, mich in das frisch gemähte Gras zu legen und dort zu schlafen, aber da sprangen mich die Grasmilben an und ich flüchtete erneut ins Haus.

Dort legte ich mich in den Wäschekorb und träumte vor mich hin. Im
Traum spielte ich mit meinen
Freunden und freute mich, dass sie
alle zu mir gekommen waren.

Ich liebe Wasser

Alle Leute jammern, weil es so heiß
ist. Sie vergessen, dass wir Sommer
haben. Im Sommer muss es doch
schön warm sein. Es ist mir aufge-
fallen, dass die Menschen nie zufrieden sind.
Wenn es regnet, dann jammern sie,
wenn es zu heiß ist, meckern sie.

Was wollen sie denn überhaupt?
Ich bin ein Kater und mir ist das
Wetter egal. Ich mag jedes Wetter:
Regen, Schnee, Sonne, Wind – alles

außer Sturm und Gewitter, da bekomme ich Angst.

Aber ich hab ja eine liebe Familie und die kümmert sich um mich. Sie rufen mich, wenn es richtig doll regnet oder schneit. Natürlich suchen sie mich auch wenn es schrecklich stürmt.

Und ich kann immer ins Haus, denn ich habe meine eigene Katzenklappe.

Die ist echt praktisch:

Wenn ich drin bin, fällt die Klappe zu und ich bin im Haus. Zuerst wollte ich sie nicht, aber dann habe ich entdeckt, wie praktisch so eine

Katzenklappe ist.

Ganz toll ist sie, wenn ich mich vor
meinen Freunden verstecken will.
Zuerst springe ich auf das Dach um
sie abzulenken, dann sause ich
schnell durch die Katzenklappe ins
Haus und freue mich über ihre dum-
men Gesichter, die ich von drinnen
beobachten kann.

Das einzig Schwierige sind die Geschenke, die ich meinem Frauchen
bringe. Sie müssen durch die
Klappe und das ist anstrengend.

Aber bis jetzt habe ich das auch immer geschafft.

Hinter der Klappe liegt mein kleiner Teppich und ein Schüsselchen mit Wasser steht für mich bereit. Ich mag kein Wasser im Schüsselchen, ich springe lieber in die Dusche, da habe ich frisches Wasser.

Vorher setze ich mich in den Wäschekorb, damit Frauchen mich nicht sieht, dann wenn sie duscht, springe ich und freue mich wenn sie laut kreischt und versucht mich zu fangen, was ihr nie gelingt, weil ich viel schneller bin.

Jetzt im Sommer liege ich am liebsten in der Dusche, weil es da so schön kühl ist. Und weil ich kein Wasser im Schüsselchen mag, schüttet mein Frauchen mir immer ein wenig Wasser über mein Trockenfutter, das mag ich sehr gerne.

Und wenn ich nicht beobachtet werde, dann trinke ich auch mal Milch aus Frauchens Tasse, wenn sie gerade nicht im Zimmer ist. Ja, wir Katzen sind ganz schön schlau.

Hilfe, ein Vogelnest!

In der letzten Zeit war es ziemlich laut bei meinem Frauchen und mir. Dabei wissen doch die Menschen, dass Katzen ihre Ruhe brauchen.

Darauf nehmen manche Tiere überhaupt keine Rücksicht, sie lärmen einfach munter weiter. Angefangen hat es, als ein Rotschwanz in unserem Carport ein Nest baute.
Hoch oben unter den Holzbalken, wo ich nicht hinkommen kann, hat sich ein Rotschwanz eingenistet.

Sind schon klug die kleinen Piep-
mätze.

Hin und her flogen die Krachma-
cher. Ihre Piepserei nervte mich total, aber ich konnte nichts dagegen
unternehmen, obwohl ich es immer
wieder versuchte.

Mit einem kühnen Sprung versuchte
ich, auf dem Holzbalken zu landen,
wo das Nest entstand, aber es ging
schief. Ich landete auf dem Tisch
und das tat mir auch noch weh.
Natürlich gab ich nicht auf und versuchte es immer wieder, aber es
funktionierte einfach nicht.

Das Nest war fertig und es wurde wieder ruhiger. Die Vögel brüteten. War ich froh! Jetzt konnte ich mich auf eine ruhige Zeit einrichten. Ich legte mich in mein Körbchen um zu schlafen.

Wach wurde ich, als es im Vogelnest laut piepste und die Kleinen ständig gefüttert wurden. Es waren vier winzige Piepmätze die ihre kleinen Schnäbel aufsperrten und Hunger hatten. Zugegeben, es sah niedlich aus, aber mussten sie dabei so laut sein?

Die Eltern taten mir echt leid, sie flogen hin und her, um ihre Brut

satt zu kriegen. Ich suchte mir einen
ruhigen Platz, das war mir einfach
zu viel. Ab und zu schaute ich nach,
ob die Kleinen noch da waren.

Endlich kehrte wieder Ruhe ein.
Die Kleinen war ausgeflogen und
ich konnte wieder in Ruhe meinen
alten Platz beziehen. Ich bin echt
froh, dass ich ein Kater bin und mit
der Aufzucht von Kindern nichts zu
tun habe.

Minka kommt nicht mehr

Ich sehe sie noch vor mir, lustig, frech, lebenslustig. Schwarz-weiß war ihr Fell, ein weißes Schnäuzchen hatte sie und vier weiße Pfötchen, sogar ihre Schwanzspitze war weiß. Ja, sie war schon etwas ganz Besonderes, meine kleine Minka, meine Spielgefährtin.
Fast zwei Jahre habe ich sie gekannt, denn sie lebte hier, wo ich auch wohnte.
Auf dem Lande, mit Hühnern, Tauben und einem Pferdle. Meistens kam sie zum Fressen, denn hier bei

unseren Vermietern standen immer gefüllte Schüsseln und frisches Wasser parat.

Ein richtiges Zuhause hatte Minka nicht. Sie mochte auch die Menschen nicht so sehr und um Kinder machte sie einen großen Bogen. Vermutlich hatte sie viele Dinge erlebt, über die sie nicht reden wollte. Aber spielen konnte sie und im Rennen war sie die Schnellste von uns allen.

Wir waren meistens zusammen, die Minka, die Braune , die Graue und ich der Kater Samy. Alle kamen zum Fressen hier her, dann spielten wir fast den ganzen Tag zusammen. Am Abend gingen wir unsere eigenen Wege.

Und dann kam Minka nicht mehr. Zuerst dachte ich, sie hat neue Spielgefährten. Das kam schon mal vor, aber es dauerte meistens nur wenige Tage, dann erschien sie wieder. Dieses Mal dauerte es schon zwei Wochen und von Minka noch immer keine Spur.

Ich suchte sie an den Plätzen, wo wir auch noch spielten, aber auch hier fand ich sie nicht. Die Graue

und die Braune hatten sie auch nicht
gesehen. Die Hoffnung , Minka
wiederzusehen, schwand immer
mehr dahin.

Dann kam mir der Zufall zur Hilfe:
Frauchen und unsere Vermieterin
unterhielten sich und beide waren
sehr traurig. Meine Minka war ge-
funden worden, im Feld hinter unserem Haus. Sie hatte Rattengift gefressen, die liebe kleine Minka!

Ich war sehr traurig, mein Frauchen
und unsere Vermieterin auch.
Es war eine schöne Zeit mit dir,

kleine Minka, ich denke oft an dich

und deine wunderschönen grünen

Augen.

Ich bin ein Gourmet-Kater

Bis jetzt habe ich immer fast alles gefressen, was man mir gegeben hat. Bis das Geburtstagspaket von meinem Frauchen kam. Da bin ich auf den Geschmack gekommen, weil so leckere Sachen für mich drin waren.

Kleine runde Schälchen mit Fisch und einer feinen Soße, einfach lecker. Und in den silbernen Tütchen gab es noch bessere Sachen mit Reis , Fleisch und Gemüse, einfach wunderbar, da konnte ich glatt zwei Portionen auf einmal essen.

Dazu kamen noch die Knusperflocken und die „Dreamis" etwas ganz besonderes.

Leider bekam ich von den Knusperflocken und den „Dreamis" nur ganz wenig, weil sie teuer waren. Natürlich schmeckte mir mein altes Futter jetzt nicht mehr so gut und ich wollte nur noch das „Neue", aber mein Frauchen begriff das einfach nicht.

Ich verweigerte mein Futter und lief immer wieder zur Speisekammer, wo sie das neue Futter untergebracht hatte.

Dort sprang ich auf die Box, um zu zeigen welches Futter ich haben wollte.

Leider war die Box mit einem Deckel verschlossen, sonst hätte ich mir mein Futter selber geholt.

Okay, dann musste ich eben laut miauen um mich bemerkbar zu machen. Auch mein lautes Miauen wollte Frauchen einfach nicht begreifen, deswegen setzte ich mich vor die Speisekammertüre und schaute tieftraurig, leider ohne Erfolg. Ich bekam mein vorheriges Futter in meinen Napf und weil ich

so Hunger hatte, freute ich mich sogar darüber. Das andere Futter bekam ich zu besonderen Anlässen
und darüber freute ich mich sehr.

Das Vogelfangspiel

Der Frühling schien endlich gekommen zu sein. Die Tage wurden immer schöner und sonniger. Und für uns Katzen wurden es Tage voller Freude, endlich konnten wir wieder draußen herumtollen.

Ich schaute aus dem Fenster und sah meine kleine Katzenfreundin, die unter der schlanken Birke lag, immer wieder in die Luft springen. Herrlich, wie sie sich freute, dabci war sie im Begriff die kleinen Jungvögel zu verspeisen, die gerade erst das Fliegen lernten. Da wollte ich auch mitmachen bei diesem „Vogelfangspiel". Ich musste nur aufpassen, dass Frauchen mich nicht sah, denn da wurde sie richtig böse und vertrieb uns ganz schnell.

Ich sauste schnell durch die Katzenklappe und gesellte mich zu meiner Freundin. Das machte richtig Spaß, abwechselnd sprangen wir in die Luft, um die kleinen Vögel zu erwischen. Plötzlich hörten wir Frauchen schreien: „Haut sofort ab! Ihr spinnt doch wohl, die kleinen Vögel so zu erschrecken!"

Wir waren so erschrocken, dass wir schleunigst das Weite suchten. Der Tag hatte so schön angefangen und endete so schnell und plötzlich.

Aber wenn es um die kleinen Piep-mätze ging, verstand Frauchen kei-nen Spaß. Verstehe einer die Men-schen, da hängten sie kleine Vogel-häuser auf und dann waren sie böse, wenn man die Kleinen fressen wollte.

Wir vertrollten uns und spielten auf einer Wiese. Dort lauerten wir den Feldmäusen auf die erwischten wir wenigstens. Dabei hatte uns das „Vogelfangspiel" viel besser gefallen.

Als ich am Abend nachhause kam, schimpfte mich Frauchen wieder aus. Was wollte sie eigentlich von mir? Ich war eine Katze und die fangen Vögel, das war völlig normal.

Die Menschen konnten einem wirklich alles verderben! So eine Aufregung wegen einem Vogel. Außerdem erwischten wir sowieso nur die Schwachen und Kranken, wir waren so eine Art „Gesundheitspolizei", aber davon verstehen die Menschen nichts.

Mach mein Schüsselchen voll

Es war ein ganz normaler Tag und ich, der Kater Samy, schlief in meinem Körbchen. Frauchen kam ab und zu herein und schaute nach mir.

Das tut sie immer und ich stelle mich dann immer schlafend, weil ich ihr so gerne zuhöre, wenn sie sagt, dass ich ein schöner Kater und ein lieber Kater bin und mich ganz doll streichelt.
Es ist schön, ein Kater bei meinem Frauchen zu sein. Sie liebt mich sehr und spricht viel mit mir. Wenn

ich meine Ruhe haben und nicht ge-
streichelt werden will, dann springe
ich auf den Bauernschrank im
Wohnzimmer und betrachte alles
von oben.

Wenn ich traurig bin, dann verschwinde ich unter dem Sofa von
meinem verstorbenen Herrchen und
lege mich in den Bettkasten.
Manchmal verstecke ich mich im
Wäschekorb, am liebsten wenn die
Wäsche frisch aus dem Trockner
kommt und herrlich duftet. Das mag
Frauchen gar nicht, weil dann überall meine Haare sind. Sie schimpft

mich und kommt mit einer Bürste,
um alles wieder sauber zu machen.

Wenn ich etwas möchte, dann
springe ich auf den Schreibtisch
von Frauchen und zupfe sie am Ärmel, dazu miaue ich und schaue sie
mit großen Augen an. Dann laufe
ich weg und hoffe, dass sie mir
folgt und versteht, was ich möchte.

Wenn ich zur Wohnungstür laufe,
will ich nach draußen. Laufe ich in
die Küche, habe ich Hunger, gehe
ich ins Wohnzimmer, will ich spielen.

Ich finde, das ist doch wirklich gut zu verstehen. Aber mein Frauchen ist anscheinend begriffsstutzig, sie schaut mich an und versteht mich nicht, fragt: "Was willst du, Kater?"

Ich laufe wieder in die Küche und miaue, sie macht das Fenster auf, meint, dass ich raus will. Ich springe auf die Fensterbank und lege mich dort hin. Sie macht das Fenster wieder zu und schüttelt den Kopf und setzt sich wieder an ihren Schreibtisch.
Ich springe wieder auf den Schreib-

tisch, zupfe sie am Ärmel und miaue laut. Sie streichelt mich, ich gehe wieder in die Küche und sie weiß noch immer nicht, was ich will. Ich setze mich vor meine Futterschüssel und schaue sie an. Jetzt hat sie mich verstanden. „Du hast Hunger! Sag das doch gleich!", meint sie und füllt mein Schüsselchen.

Menschen begreifen oft nicht, was man ihnen sagen will. Dabei ist es so einfach, mich zu verstehen.

Armes krankes Hascherl

Schon in den letzten Tagen fühlte ich mich nicht gut. Dabei sind Katzen nicht anfällig, aber mir ging es so richtig elend.

Das Fressen schmeckte mir nicht mehr und mein Frauchen sah so richtig besorgt aus, und fragte mich immer wieder: "Wo tut es dir denn weh, armes Katerle"?

Dabei wusste sie doch genau, dass Katzen gar nicht reden können.

Natürlich miaute ich kläglich und legte mich in mein Körbchen, raus wollte ich auch nicht, es war mir einfach zu kalt. Ich bekam eine Wärmflasche, das gefiel mir. Katzen lieben Wärme, ist so schön zum Einschlafen. Aber der Schal, den Frauchen für mich gestrickt hatte, den mochte ich nicht, der störte mich, deswegen zerrte ich so lange daran, bis er von meinem Hals weg war.

Dann sollte ich heiße Hühnersuppe trinken, nicht mein Ding, ich wollte nur das Hühnerfleisch, also bekam ich es auch.

Dann wurden mir so kleine Kügelchen in den Hals gesteckt, die machten mich auch schläfrig. Das ging fast eine Woche so, dann

fühlte ich mich wieder besser und

wollte unbedingt nach draußen. Lei-

der konnte ich das nicht, denn Frau-

chen hatte die Katzenklappe zuge-

sperrt.

„Nein", sagte sie, es ist eiskalt, du

bleibst drin, bis du ganz gesund

bist.

Ich setzte mich ans Fenster und

zerrte an den Gardinen, dazu miaute

ich so laut, wie ich nur konnte. End-

lich war sie überzeugt und öffnete

meine Katzenklappe. Ganz schnell

sprang ich hinaus und rannte den

Vögeln hinterher, aber die flogen einfach weg. Okay, auch gut, ich würde zum Pferdle in den Stall gehen, das tat ich dann auch.

Ich liebe saftige Putenknochen

Vor einigen Tagen duftete es im
ganzen Haus nach Hühnchen. Klar,
dass ich nachsah, wo diese göttlichen Teile versteckt waren. Mein
Frauchen lässt nichts unbedeckt stehen, weil Ich dann immer davon
probieren muss.
Meistens fand ich ihre Verstecke
und naschte davon.
Da wurde sie richtig sauer und
stellte sie in den Kühlschrank, weil
ich da nicht hinein kam. Aber dann
fand ich die duftenden Dinger, sie
waren im Backofen. Leider waren

sie noch heiß und ich musste warten, bis sie abgekühlt waren. Dann war es ein leichtes, sie aus dem Ofen zu holen. Ich hängte mich einfach an die Backofentür und schon konnte ich die Hühnchen fressen.

Es würde schwer sein, diese riesigen Knochen aus der Glasschale zu holen, einen Versuch war es schon wert. Die großen Knochen waren keine Hühner, sondern Putenknochen, ich freute mich schon darauf. Und dann war der Backofen leer, nur der Duft hing noch überall im

Raum. Weil ich ein schlaues Kerl-
chen bin, forschte ich nach und fand
die Knochen im Abfalleimer. Leider
war nicht mehr viel dran. Ich hatte
Mühe, sie aus dem Abfalleimer zu
holen, aber ich schaffte es und
zerrte sie unter den Küchentisch.

Dort nagte ich alles fein säuberlich
ab und zerrte den Knochen wieder
in Richtung Abfalleimer. Genau in
diesem Moment kam mein Frauchen in die Küche und sah den
Knochen. Ich konnte gerade noch in
die Küchenecke entwischen wo das
Regal stand und dort verschwinden.

Sie schüttelte den Kopf und hob den Knochen auf, murmelte etwas von:" Meine Augen werden immer schlechter" jetzt treffe ich nicht einmal mehr den Mülleimer.

Irgendwann bin ich im Regal in der großen Backschüssel eingeschlafen, als mein Frauchen das sah, hat sie komisch geschaut und gemeint:" Seit wann schläfst du in der Backschüssel?
Ich schaute sie verschlafen an und verzog mich in mein Körbchen.

Dreckpfotenkater

Jeder kennt mich, den Kater Samy.
Besonders jetzt, wo ich gerade ein
Buch geschrieben habe. Und da
kann ich ja wohl ein wenig Respekt
erwarten, so dachte ich zumindest.
Wie ihr wisst, bin ich nachts unter-
wegs und komme meist am frühen
Morgen nachhause.

Es war zwischen drei und vier Uhr
und mein Frauchen schlief noch.
Natürlich weckte ich sie nicht, weil,
sie dann immer so grantig ist. Brav
legte ich mich neben ihr Kopfkissen

und wartete darauf, dass sie
aufwachen und mich füttern würde.
Aha, sie machte die Augen auf und
sah mich an, dann sprang sie aus
dem Bett und schubste mich von ihrem Kopfkissen. „Ja, spinnst du
denn, schrie sie, schau dir mal die
Schmutzpfoten von dir an! Langsam wirst du ein richtiger Dreckpfotenkater, lauter Pfotenabdrücke
auf meinem frisch bezogenen Bett,
ich fasse es nicht!"

Ich schaute sie traurig an, aber was
kann ich dafür, wenn es draußen

regnet und ich dreckige Pfoten bekomme. Sie trocknete mich ab und gab mir Futter, danach durfte ich wieder in ihr Bett. Vorsichtshalber legte ich mich neben Ihre Füße und schnurrte laut.

Wenn ich ehrlich bin, war das Bett ganz schön versaut, überall waren meine Matschpfoten zu sehen und sie nannte mich „Dreckpfotenkater". Das konnte ich ihr nicht einmal übel nehmen.
In Zukunft würde ich meine Pfoten putzen, bevor ich ins Bett oder in mein Körbchen gehe.

Jedes Jahr die gleiche Aufregung

So kurz vor Weihnachten ist mein
Frauchen total hektisch, dabei sollte
es doch eine „besinnliche „ Zeit
sein.

Davon merke ich nicht viel, Pakete
kommen, umgeräumt wird und
überall geputzt und gewaschen.
Das einzige was mir gefällt, ist der
Duft von „Plätzchen", habe mir
schon eines stibitzt, nicht so mein
Ding, sind mir zu süß.
Bei diesem ganzen Durcheinander
verziehe ich mich auf meinen

Schrank im Wohnzimmer, da habe ich meine Ruhe.

Wenn alle Pakete da sind, werden sie aufgemacht und ausgepackt, dann werden sie wieder eingepackt und in neue Kartons gesteckt. Das verstehe mal einer, erst auspacken, dann wieder einpacken und wieder zur Post bringen.

Zwischendurch telefoniert Frauchen und fragt nach Adressen, die schreibt sie auf einen Zettel. Den sie später verzweifelt sucht. Menschen sind schon sehr umständlich.

Endlich sind die neuen Pakete zur
Post gebracht, aber jetzt stehen die
alten Pakete herum, das finde ich
gut, da kann ich so schön „Verstecken" spielen.

Rein in den Karton, raus aus dem
Karton, ein schönes Spiel, leider ist
mein Frauchen nicht begeistert, sie
zerschneidet die alten Kartons und
wirft sie in die blaue Tonne.

Endlich wieder Ordnung meint sie ,
dann telefoniert sie mit ihrer
Schwester und erzählt ihr, wie ge-
stresst sie sei, und sie wäre froh,
wenn Weihnachten endlich vorbei

wäre.

Natürlich habe ich bei unserem „Katzentreffen" unseren „Ältesten" nach Weihnachten gefragt. Ja, sagt er, so ganz v erstehe ich das auch nicht. Nur dass man sich beschenkt und Geschenke bekommt.

Das alles findet unter einem „Tannenbaum" statt. Der wird ins Wohnzimmer gestellt, geschmückt mit Lametta, silbernen oder bunten Kugeln behängt und Kerzen werden an den Zweigen befestigt.
Dann werden die Geschenke unter den Baum gelegt und die Menschen

singen „Weihnachtslieder".

Ist so ein alter „Brauch", zum Glück
ist das nur einmal im Jahr. Das einzig Schöne ist dass wir Tiere auch
beschenkt werden .Wir bekommen
Spielzeug, eine kleine Stoffmaus o-
der ein Kuschelkissen, lauter Sachen, von denen die Menschen denken, dass wir sie lieben.

Das was uns Katzen mehr interre-
siert sind Dinge zum Essen.

Wir lieben extra Futter wie fleische
„Kaustäbchen", besondere Lecker-
lis und „Dreamis" ein knackiges
Knusperfutter.

Jetzt weiß ich auch was „Weihnachten" ist, nicht schlecht, aber für eine
Katze wie mich, die es lieber ruhiger hat, nur Stress.

Okay Weihnachten hat auch seine
guten Seiten, die Menschen haben
viel Zeit weil sie nicht arbeiten
müssen. Sie kümmern sich mehr um
uns Tiere. Wir genießen die extra
„Streicheleinheiten", das lieben wir
besonders.
Das wünschen wir uns viel öfter.
Wenn jetzt weniger Weihnachtslieder und Weihnachtsmusik zu hören

wäre, dann könnte mir das Weihnachtsfest noch viel besser gefallen. Aber ich bin sehr zufrieden, dass es mir so gut geht.

Das war Stress pur

Zum Glück ist Weihnachten vorbei,
jetzt reden alle nur noch von Silvester. Bin echt neugierig, was das
wieder für ein Fest ist.
Scheint ja noch viel wichtiger als
Weihnachten zu sein, denn mein
Frauchen kauft ein wie verrückt.

Zum Essen und zum Trinken vor allem, aber auch noch andere Dinge,
die gefallen mir weniger, weil sie so
gefährlich aussehen.
Ich warte mal ab, was passiert.

Der Abend beginnt entspannt, Frauchens Kinder kommen und das ist einfach herrlich für mich. Alle lieben mich, streicheln und küssen mich und ich bekomme extra Leckerbissen. Fleischstäbchen und Knabberstangen und meine geliebten „Dreamies".

Von mir aus könnte jeden Tag „Silvester" sein, ich fange an Silvester zu Lieben. Auf einem großen Tisch stehen leckere Sachen, Fleisch am Spieß, Hähnchenschenkel, Käseaufschnitt und andere leckere Sachen. Wenn keiner hin schaut stibitze ich schon mal ein kleines Stückchen.

Nach dem Essen versammeln sich alle um den Fernseher und rascheln mit Chipstüten, dazu trinken sie Cola, Wein und Sekt.

Plötzlich werden alle hektisch, schnell, rufen sie, gleich ist das „Neue Jahr" da, wir müssen noch die Raketen anzünden.

Ich ahne nichts Gutes und verschwinde auf meinem Schrank im Wohnzimmer.

Und dann geht es los, es zischt und kracht, Funken fliegen herum, und am Himmel erscheinen bunte

Sterne, das nennt sich „Feuerwerk"
und es gehört zu Silvester.

Das ganze „Spektakel" dauert über
eine Stunde, dazu stinkt es auch
noch, jetzt wird es mir zu viel und
ich verziehe mich in den Schrank,
da sehe ich wenigstens nicht so viel.
Überall auf den Straßen schreien die
Menschen: "Prost Neujahr" und
nehmen sich in die Arme. Müssen
sie dabei so laut sein?

Ehrlich gesagt, ich bin enttäuscht,
so ein Fest ist nichts für uns Katzen,
es ist zu laut und ungemütlich.

Schon komisch wie unsere Menschen feiern.

Ich bin froh, dass ich ein Kater bin und eines weiß ich genau, im nächsten Jahr wenn wieder Silvester ist, da verkrieche ich mich im Stall bei m „Pferdle" da ist es warm und nicht laut, denn Pferde mögen auch keinen Lärm.

Am nächsten Morgen sehe ich wie es auf den Straßen aussieht, überall liege Reste und Fetzen von den Raketen herum und es stinkt noch immer nach den „Feuerwerkskörpern.

Da frage ich mich ernsthaft, wie
wird es wohl werden, das „Neue
Jahr" wenn es schon mit lautem
„Getöse" beginnt.

Wieder einmal bin ich sehr froh ein
Kater zu se

Die Aufregung geht weiter

Gerade habe ich das Weihnachtsfest hinter mich gebracht und das schrecklich laute Silvester erlebt, da kommt schon die nächste Überraschung.

Ich wundere mich schon dass es draußen so ruhig ist. Ich höre kein Auto und kein Vogelgezwitscher, seltsam, nicht einmal die laut kreischende Elster ist zu hören.

Sogar die Nachbarin scheint noch

zu schlafen, das ist alles ungewöhn-
lich. Oder ist es noch zu früh, habe
ich mich in der Zeit vertan?

Da muss ich schnell nachsehen, also
ab durch die Katzenklappe. Ja, was
ist denn das, alles ist weiß und rut-
schig. Das mag ich gar nicht, dazu
ist auch noch bitter kalt.
Schnell gehe ich wieder ins Haus
zurück, da ist es mollig warm.
Frauchen schaut mich an und sagt:
"Wieso bist du schon wieder hier,
du bist doch gerade erst raus gegangen!"

Sie öffnet die Haustüre und sagt:

„Super, endlich hat es geschneit!"

Dann ruft sie ihrer Freundin an und
erzählt ihr, dass bei uns Schnee
liegt.

Die scheint nicht begeistert zu sein,
das kann ich gut verstehen. Ich mag
diesen komischen Schnee auch
nicht.

Dann entschließe ich mich doch ein
wenig spazieren zu gehen um zu sehen, was draußen los ist.

Ich gehe den kleinen Berg hinauf
und werde fast über den Haufen gefahren. Da sitzen die Kinder auf
großen schwarzen Autoreifen und

auf Holzgestellen, die sich Schlitten nennen und sausen den Berg herunter.

Dann ziehen sie den Schlitten und die Autoreifen wieder nach oben und sausen wieder den Berg hinunter. Dabei kreischen sie wie verrückt und bewerfen sich mit dem Schnee.

Ich haue ab, so schnell ich kann, dabei rutsche ich aus und falle in den nassen Schnee. Jetzt will ich nur noch nachhause und mich vor den warmen Ofen legen, so ein Wetter ist nichts für uns Katzen.

Schon seltsam was die Menschen an diesem nassen klebrigen Schnee finden. Ich gehe heute nicht mehr vor die Türe .Auf meiner Fensterbank schaue ich zu wie der Schnee vom Himmel fällt und alles zudeckt. Hoffentlich hört dieses Wetter bald wieder auf, ich brauche es nicht.

Samy im Schlaraffenland

Liebe Miri

persönlich habe ich dich noch nicht kennen gelernt. Ich kenne dich nur postalisch, ich meine durch deine göttlichen Pakete. Vor einigen Tagen hat der Bruder von Frauchen große Pakete mitgebracht und die waren von dir und Frauchens Schwester. Sie wurden im Gästezimmer abgestellt und nach und nach ausgepackt. Frauchen sagte nur immer wieder:"Supi!", „Saugut!" und „Das ist ja bombastisch". Dann hat Frauchen eine Dose

Suppe rausgeholt und so richtig laut geschmatzt weil die so gut schmeckte.

„Kater", sagte sie zu mir, ich läute eine Feinkostwoche ein".

Hm, warum „einläuten" und wozu, habe ich nicht verstanden. Ich sah nur, wie Frauchen immer wieder ins Gästezimmer ging und sich Sachen aus den Paketen holte, die sie genüßlich verspeiste.

Dann kam die Sache mit dem „Romadur" ich kann diesen Käse nicht ausstehen, er stinkt abscheulich, aber sie liebt ihn. Natürlich wird er in Scheiben geschnitten und mit

Zwiebeln in Essig und Öl einglegt,
dazu trinkt sie manchmal ein Bier.
Dieses Mal hat sie ein Glas kalte
Milch getrunken. Und schon nach
einer Stunde verschwand sie im
Bad und gab komische Geräusche
von sich. Ich schaute um die Ecke
ins Badezimmer und sie hing über
dem Waschbecken und kotzte. Das
hatte ich noch nie bei ihr gesehen.
Sie tat mir richtig leid. Irgendwann
verschwand sie in der Dusche und
hinterher ins Bett.
Oh je, dachte ich, was wird jetzt aus
mir? Ich habe doch Hunger! Aber
sie rappelte sich auf und schlurfte in

die Küche um mich zu füttern. „Du hast es gut", murmelte sie, „du kannst alles essen. Ich habe die schönsten und leckersten Sachen und traue mich nicht, sie zu essen." Und ich sage es euch, ich wurde verwöhnt, ich bekam die leckersten Menüs, jeden Tag ein anderes. Nassfutter, Trockenfutter, Pasten mit Käse und Fisch, es war das reinste Schlaraffenland und ich, der Kater, mittendrin. Das alles hast du liebe Miri mir geschickt und dafür danke ich dir mit einen kräftigen „Miraumiro".

Meinem Frauchen geht es etwas

besser. Ich sehe sie wieder ins Gästezimmer gehen und in den Paketen
suchen. Gestern hat sie „Oblaten"
gegessen. „Hm", sagte sie, „die sind
aus Karlsbad, ich liebe sie, kann gar
nicht genug davon kriegen."
Heute hat sie den roten Pullover
von dir, den mit den Fransen, pro-
biert und sich vor dem Spiegel ge-
dreht an. „Sieht s e x y aus",
meinte sie. Dazu trug sie den wunderschönen Schal von ihrer Schwester, sie freute sich sehr. Es ist immer ein Ereignis, wenn eure Pakete
kommen. „Fast wie Weihnachten",
meint sie und tanzt glücklich im

Zimmer herum.

Ganz arg glücklich haben mich die Decken von Frauchens Schwester gemacht sie riechen so gut nach anderen Katzen, ich bin auch richtig happy und sage Frauchens Schwester ebenfalls einen lieben Gruß und bedanke mich mit einem „Miraumiraumio".

Euer Kater Samy

Der Katzenbrunnen

Katzenfreunde nerven ganz arg, immer haben sie etwas zu besprechen.

Natürlich geht es dabei meistens um uns Katzen.

Besprochen werden unsere Ess- und Trinkgewohnheiten.

Da gehen unsere Frauchen ins Detail, wie viel oder wenig wir fressen.

Was und wie oft wir trinken, ob es die ekelhafte Katzenmilch oder Wasser ist, und ob wir doch lieber Wasser aus der Flasche

oder Wasser vom Wasserhahn trinken sollten.

Ich mag am liebsten das Wasser
vom Wasserhahn, das Wasser
aus den Pfützen, oder das Wasser in
den Blumenuntertellern.

Mein Frauchen findet das alles gar
nicht gut und als ihre Schwester von
einem Katzenbrunnen sprach, da
war sie begeistert und bestellte das
Teil.

Der Katzenbrunnen kam und ich
muss sagen, er gefiel mir.
Eine schöne dezente Farbe, rund
mit einer Kugel in der Mitte,

aus der das Wasser sprudelte. Zuerst schaute ich mir den Brunnen ganz genau an, dann legte ich mich in mein Körbchen und tat so, als ob ich schlief.

Ich mag es nicht, wenn man mir beim Trinken zuschaut, auch beim Fressen nicht. Menschen kontrollieren uns immer, das gefällt uns überhaupt nicht.

Frauchen rief ihrer Schwester an und sagte: "Der Kater trinkt nicht". Der trinkt schon, meinte ihre Schwester, wahrscheinlich in der Nacht. Genauso war es, ich trinke nachts, da habe ich meine Ruhe.

Zufrieden und beruhigt war mein
Frauchen erst, als sie mich in der
Nacht beim Trinken erwischte.
Genau das hasse ich an den Men-
schen, sie stehen plötzlich hinter ei-
nem und sagen, "Süß" wie du
trinkst, und dabei auf dem kleinen
Hocker stehst.

Naja, wenigstens schleicht sie sich
jetzt nicht mehr an und ich
habe meine Ruhe.

Verschwinde, ich mag dich nicht

Ich bin ein fröhlicher Kater, aber
davon spüre ich im Augenblick leider nichts.

Es ist bitterkalt und Schnee liegt auf
den Wiesen, Feldern und Straßen.
Der Schnee wäre ja nichts das
Schlimmste, das Streusalz ist es,
das tut meinen Pfoten weh. Als ob
es nicht schon genug wäre, durch
den kalten Schnee laufen zu müssen.

Das Einzige was mir im Winter am
Schnee gefällt, ist die "Stille" und
die

"Helligkeit", das versöhnt mich wieder mit dem Winter. Ansonsten kann ich gerne darauf verzichten. Ganz ekelhaft ist auch das "Schmuddelwetter", es ist nass und kalt und kriecht durch "alle Knochen" wie Frauchen sagt, sie hasst es sehr.

Und die kleinen "Piepmätze" die mich sonst mit ihrem Gesang nerven, die tun mir richtig leid. Obwohl sie sich aufplustern um die Kälte nicht so zu spüren, scheinen sie zu frieren. In den Bäumen und Hecken können sie sich schlecht

verstecken, weil die meisten kahl
sind.

Zum Glück gibt es liebe Menschen
die sie füttern, sonst wären sie verloren weil es auch kaum Nahrung
für sie gibt.

Und die Menschen sie sind eher
wortkarg und unfreundlich, klar sie
frieren auch und die Sonne fehlt
ihnen. Nur manchmal lugt sie hinter
den Wolken hervor und das nur für
kurze Zeit. Es wird Zeit, das der
Winter wieder
verschwindet und der Frühling

kommt, mit seinen Blumen und

Düften die

Mensch und Tier so nötig haben,

damit sie wieder so richtig "durch-

atmen"

können und die Welt wieder schön

finden.

Geheimes Treffen im Neuen Jahr

Immer wenn ein Neues Jahr begonnen hat treffen wir uns Katzen an einem geheimen Ort.

Dieses Jahr hat es ein wenig länger gedauert, weil das Wetter so schlecht war, nur Schnee und Eis, das ist auch für uns Katzen gefährlich.
Endlich der erste sonnige Tag, herrlich, ich freute mich, dass die Sonne s schön schien und hatte das Gefühl, dass heute ein ganz besonderer

Tag war.

Ich saß auf dem Fensterbrett, freute mich an dem Gesang der Vögel und wollte gerade noch ein kleines Nickerchen halten. Da sah ich sie, meine Schöne, ihr schneeweißes Fell glänzte in der Sonne und sie schaute mich zärtlich an. Da wußte ich, heute würden wir Katzen wieder zusammen sein.

Ich sauste durch die Katzenklappe nach draußen und begrüßte sie mit einem leisen Miau, dann liefen wir los zu unserem Platz.

Wir hatten immer wieder einen neuen geheimen Ort wo wir uns alle versammelten.

Heute trafen wir uns in einer alten Scheune, immer mehr Katzen kamen und endlich traf unser „Ältester " ein. Er war schon eine imposante Erscheinung, groß und stattlich mit einem riesigen weißen Schnurrbart und großen kräftigen Pfoten.
Als er da war, verstummten wie immer die Gespräche und alles wartet auf seine Verkündigung.

Er sagte uns, dass wir in der kalten

Jahreszeit noch vorsichtiger sein sollten und nur bei gutem Wetter nach draußen gehen. Zuviele Katzen hätten schon dieses Jahr wieder ihr Leben verloren, weil sie unachtsam gewesen seien und die Gefahren des Winters unterschätzt hätten. Und wie immer hörte er sich unser Sorgen und Nöte an und sprach uns Trost zu, wenn wir ihn brauchten.

Dann löste sich die Gruppe auf und wir gingen wieder nach Hause, ich setzte mich wieder auf meine Fensterbank und später vor den warmen Ofen.

Frauchen brachte mir eine Leckerei
Fischmahlzeit, die liebte ich besonders.

Ich war glücklich o ein wunderbares
Frauchen zu haben und bedankte
mich bei ihr mit einem lauten
„Schnurren".

Mein Frauchen nervt mich

Da ich meine Bücher nicht selber
schreiben kann, erledigt das mein
Frauchen für mich.

Dazu braucht sie einen PC und der
ist anscheinend nicht immer so, wie
sie ihn gerne haben möchte.

Natürlich muss sie dazu ihre Ruhe
haben und in ihrem Zimmer schreiben, sie will absolute Ruhe und
nicht einmal das Radio soll an sein.
Sie kann sich nicht konzentrieren,

meint sie. An ihr Telefon geht sie auch nicht und Besuch ist ihr ebenfalls nicht willkommen.

Ab und zu ertönen Schrei aus ihrem Zimmer die hören sich seltsam an. Schon wieder abgestürzt, du blödes Teil, wieso schreibst du jetzt auf einmal rot, und wieso ist die Schrift jetzt so klein?

Irgendwann werfe ich dich aus dem Fenster wenn du nicht das tust, was ich dir sage, du Sch... ding du.

Ganz böse wird sie, wenn ich auf

die Tastatur springen will, und davor setzen darf ich mich auch nicht. Dabei will ich doch nur sehen was sie so schreibt.

In dieser Zeit, wenn sie schreibt, ist sie echt giftig und will einfach ihre Ruhe haben. Endlich ist sie fertig, aber jetzt geht die Rechtschreibprüfung los, ich sage euch, es wird noch nerviger.

Was schaust du mich so blöd an, verzieh dich, ich muss arbeiten, so redet sie jetzt mit mir. Ich bin echt beleidigt und verstecke mich im Gästezimmer unter dem Bett.

Dann ruft sie nach mir, aber ich will sie nicht hören, Strafe muss sein.

Endlich fertig, höre ich sie sagen, nur noch das Titelbild und dann ab mit der Post.

Kater komm, lockt sie mich, wir frühstücken zusammen. Das lasse ich mir nicht zweimal sagen.
Schnell sause ich in die Küche und setze mich auf den Stuhl neben sie.
Herrlich es gibt Eier und Würstchen, das liebe ich und das versöhnt mich wieder.

Einige Tage später kommt ihr Buch und sie ist glücklich. Bedankt sich bei ihrer Sonja die ihr so viel geholfen hat, damit das Buch so gut wird, wie es ist, und bei ihrem Sohn der den Buchtitel erfunden hat. Aber ohne mich wäre das Buch nicht entstanden, denn ich liefere die Geschichten dazu, deswegen bin ich auf dem Cover, ich bin richtig stolz auf mich und alle die dabei geholfen haben, ein großes „Dankeschön".

Unerwünschter Besuch bei mir

Nachdem es so bitter kalt geworden ist, hat mein Frauchen für mich ein kleines Häuschen draußen in unserem Carport aufgestellt und ein warmes weiches Kissen hinein getan.

Ich freute mich sehr, jetzt konnte ich nachts auch mal draußen bleiben. Unser Carport war überdacht, deswegen wurde das Häuschen nicht nass.

Herrlich so eine Nacht im Freien

und frieren tat ich nicht, sogar den Mond und die Sterne sah ich, und wenn es mir wirklich zu kalt wurde, würde ich durch meine Katzenklappe in die Wohnung gehen.

Einige Nächte verbrachte ich in meinem Häuschen, dann wurde es sehr kalt und ich schlief lieber vor dem warmen Ofen.
Mitten in der Nacht hörte ich so eigentümliche Geräusche, hörte sich nach einem Streit an .Weil ich ein neugieriger Kater war schaute ich durch die Katzenklappe nach draußen.

Das gab es doch nicht, der freche schwarze Kater lag in meinem Häuschen. Meine kleine weiß gepunktete Freundin wollte auch hinein, aber er ließ es nicht zu, er knurrte und wollte sie gerade beißen.

Das konnte ich nicht erlauben, ich sauste durch meine Katzenklappe und schrie ihn an, sofort zu verschwinden.

Er war so überrascht, dass er schnell das Weite suchte. Meine kleine Freundin huschte in mein Häuschen und ich wärmte sie, wir beide waren

so seelig wie nur Katzen sein können. Es wurde eine wunderschöne
Nacht.

Ich beschütze meine kleine Freundin und scheuchte den fremden Kater immer wieder weg. Aber was
soll ich euch sagen, eines Tages la-
gen die Beiden zusammen in meinem Häuschen, das war mir zu viel,
jetzt verscheuchte ich alle Beide,
Mann war ich enttäuscht, das hatte
ich nicht erwartet. Ab jetzt schlief
ich wieder alleine , von anderen
Katzendamen wollte ich nichts
mehr wissen.

Ich freue mich auf meine Rotschwänzchen

Seit drei Jahren haben wir in unserem Carport „Rotschwänzchen", es sind kleine zierliche Vögelchen mit roten Schwanzfedern.

Es ist immer ein Elternpaar, welches sich rührend um die Kleinen kümmert.

Ihr Nest befindet sich auf dem obersten Balken im Carport und ist von unten kaum zu sehen.

Jedes Jahr kommen zuerst die Eltern und renovieren das alte Nest,

sie schaffen Nestmaterial herbei

und bauen so lange, bis das Nest

wieder wie neu aussieht.

Dann wird es still im Nest, es dauert

eine Weile bis das Weibchen brütet,

jetzt ist das Nest nicht mehr unbewacht, man bemerkt, dass sich bald

etwas tut.

Der große Tag kommt, die „Kleinen" sind

Geschlüpft und machen sich bemerkbar, sie piepsen und zwitschern, so zeigen sie, dass sie Hunger haben.

Beide Vogeleltern fliegen ständig, um die Babys zu füttern. Wenn die kleinen Vogelkinder ihre Eltern sehen, sperren sie ihre Schnäbel auf und strecken den winzigen Hals in die Höhe.

So geht es tagelang, wenn die Vögelchen groß und stark genug sind, üben sie das Fliegen. Und irgendwann ist das Nest leer und es wird wieder still bei uns.

Mein Frauchen sitzt während dieser Zeit ganz still in unserem Carport und freut sich über die Rotschwänzchen und ihre Kleinen.

Ich bin ein Kater und beobachte sie auch, aber leider komme ich nicht an das Nest heran, zum einen weil mich Frauchen beobachtet und zum anderen, weil es einfach zu hoch für mich ist. Einige Male habe ich es ersucht, aber entweder habe ich mir den Kopf am Balken angeschlagen, oder ich bin daneben gesprungen.

Wenn ich ehrlich bin, sind mir die

Babys auch zu dünn, das lohnt sich nicht, da fang ich mir lieber eine Maus.

Trotzdem freue ich mich, wenn die Rotschwänzchen wieder kommen, vor allem, weil mein Frauchen jedes Jahr auf sie wartet und dann so glücklich ist.

Heute ist mein Tag

Mein Frauchen besucht heute ihre große Tochter und das freut mich ganz besonders, denn dann mache ich alles was ich will, das wird superschön.

Es gibt so einige Sachen, die mein Frauchen gar nicht mag, ich liebe sie, und deswegen mache ich heute alles was nicht liebt.

Ich springe auf den Tisch und trinke den Rest aus der Kaffetasse, dann springe ich in die Spüle und schlecke die Teller ab.

Den Rest Wurst der auf dem Glasteller liegt verputze ich ebenfalls.

Jetzt mache ich es mir auf dem Sofa gemütlich und

dann zerre ich die Decken vom Ruhesessel, das macht richtig Spaß. Im Bad lege ich mich auf die frisch gewaschene Wäsche und später in ihr Bett.

Im Gästezimmer setze ich mich auf den Budda und wetze meine Krallen an ihm.

Und zum Schluß schmeiße ich die

Dose mit meinen Spielsachen um
und renne durch die ganze Wohnung.

Halt, die ekelhafte Hexenfigur muss
ich unbedingt noch von der Fensterbank werfen, so, jetzt fühle ich
mich richtig gut.

Damit ich nicht gleich entdeckt
werde, lege ich mich auf den großen
Bauernschrank und stelle mich
schlafend.

Ich erwarte ihr „Donnerwetter"
wenn sie heim kommt.

Aber sie sagt gar nichts, legt sich
auf ihr Sofa und schläft ein, noch
mal Glück gehabt. Denke ich, aber

am anderen Tag höre ich sie rufen:"Kater komm sofort her". Natürlich tue ich das nicht, ich sause
durch die Katzenklappe nach draußen und komme erst nach zwei Tagen wieder zurück. Ja, ich bin ein
schlauer Kater, denn nach zwei Tagen ist sie froh, mich wieder zu sehen.

Ich bin hundemüde

Leute, ich sage euch, das waren zwei strenge Tage in der letzten Woche.
Ich hatte schon so einen feinen Duft in der Nase und laue Frühlingslüfte umwehten mich ,kurz und gut, ich wusste, es passiert etwas.

Schon am frühen Morgen, so um 6 Uhr hörte ich das Miauen mehrere Katzenfreunde. Schnell sprang ich durch meine Katzenklappe und lief den kleinen Kiesweg bis zur Straße vor.

Tatsächlich da waren etliche Katzen vereint und taten sehr wichtig.

„Kommst du mit" fragten sie mich, wir wollen einen Ausflug machen, das Wetter ist heute wie gemacht dafür.

Natürlich wollte ich mit, ich war doch neugierig wo es hin gehen sollte. Wie immer trafen wir uns in der großen Scheune und warteten auf den „Ältesten", der wenig später eintraf.

Dann ging es los, wir machten immer wieder Zwischenstationen um noch mehr Katzenfreunde auf zu nehmen.

Weil das Wetter so mild war, liefen wir schneller als sonst. Mancher Mensch kann nicht glauben, wie viele Kilometer wir an einem Tag laufen können.

Gegen Abend kamen wir endlich an unserem Bestimmungsort an. Es war eine riesige Höhle, fast gespenstisch mutete sie an. Wie gut, dass der Mond so hell schien und die Sterne am Himmel funkelten, sonst wäre es stockdunkel gewesen.

Eines war mir klar, heute Nacht
würde ich nicht mehr nach Hause
kommen.

Bis in den frühen Morgen tauschten
wir Erfahrungen aus, dann teilten
wir uns in kleine Grüppchen auf
und kuschelten uns eng aneinander
um nicht zu frieren.

Wir Katzen sind wie ihr wisst
Nachteulen und
Können auch am Tag richtig gut
schlafen. Gegen Mittag machten wir
uns wieder auf den Weg, wir woll-

ten noch einen kleinen See aufsu-
chen, dort mussten wir unbedingt
unseren Durst stillen.

Auch heute konnte ich nicht nach
Hause, der Rückweg zog sich in die
Länge und die Nacht war stockdunkel, der Mond hatte sich versteckt
und die Sterne waren ebenfalls nicht
zu sehen.

Jetzt fing es noch an zu regnen, was
sage ich, es schüttete wie aus Kü-
beln, das ist kein Wetter für uns
Katzen, wir suchten einen Unter-
schlupf. Endlich fanden wir eine

kleine Hütte am Waldesrand. Wir froren und versuchten uns irgendwie zu trocknen und wir zitterten vor Kälte.

Ich bin sicher, jeder von uns hatte nur einen Gedanken, jetzt im trocknen, warmen Zimmer zu sein und im Körbchen zu schlafen.
An mein Frauchen durfte ich überhaupt nicht denken, sie würde sich sicher Sorgen machen, weil ich zwei Tage nicht zu Hause gewesen war.

Dann ging es weiter, müde und nass

kamen wir nur langsam vorwärts,
hungrig dazu, ich träumte von meinem warmen Ofen und meinem
Schüsselchen gefüllt mit meinem
Lieblingsfutter, das befügelte mich
so, dass ich plötzlich schneller vo-
ran kam.

Dann trennten wir uns, jeder ging
zu seiner Familie, ich überlegte, wie
ich meinem Frauchen alles erklären
sollte.
Als ich beim Haus war, sah ich
mein Frauchen draußen stehen.
„Kater, da bist du ja" schön dich ge-

sund zu sehen, habe mir große Sorgen um dich gemacht.

Mann, war ich froh, ich strich um ihre Beine, sprang auf ihren Schoß und schnurrte so laut ich konnte.

Mit Heißhunger leerte ich mein Schüsselchen, trank aus meinem Katzenbrunnen und schlief vor meinem warmen Ofen ein.

Es war schön so geliebt zu werden, das war mein letzter Gedanke, so ein liebes Frauchen hat nicht jeder.

Und wenn sie mich manches Mal schimpft, dann macht sie sich nur Sorgen um mich.

Die Amsel auf dem Terrassentisch

Von unserem Carport habe ich schon berichtet. Heute geht es um unsere Terasse, über unserer Terasse hängen 4 kleine Vogelhäuser und neben der Terasse steht ein großer Vogelbeerbaum.

Bei uns ist immer etwas los, Spatzen und Meisen sind fast immer da, auch Rotschwänzchen habe ich bei uns entdeckt, einen Specht sah ich ebenfalls.

Gar nicht leiden kann ich die frechen Elstern,aber eine Amsel war noch nicht im Garten, bis Gestern, da sah ich ein Amselmännchen auf unserem Terrassentisch, schön sah er aus, tiefschwarz mit einem gelben Schnabel.
Sein Weibchen war grau und unauffällig, sie spazierte im Garten herum.

Ich wollte gerade an dem Amselmännchen vorbei schleichen, da bemerkte es mich und fing an zu krächzen, dabei heißt es, sie singen so schön, fand ich eher nicht.

Natürlich kam sofort mein Frauchen aus dem Haus und sah mich vorwurfsvoll an, dabei hatte ich überhaupt nichts gemacht.

Das Amselmännchen war der Übeltäter, ich der Unschuldige.
Jetzt sprang er vom Tisch und hüpfte im Garten herum. Sein Weibchen kam auch dazu und sie hüpften beide , so richtig gut fliegen konnten sie gar nicht, ich mochte sie nicht, aber ich würde sie trotzdem in Ruhe lassen, denn ich wusste, mein Frauchen behielt mich im Auge.

Es ist wirklich nicht leicht als Kater ständig dieses Vogelvolk vor Augen zu haben, ohne es fressen zu dürfen. Dazu noch das ewige Gezwitscher und Gekrächze aushalten zu müssen.

Ich begreife auch nicht wie mein Frauchen ganz verzückt diesem „Gesang" lauscht und ihn sogar „melodisch" findet.
Ja, das ist der Unterschiede zwischen Mensch und Tier, jeder sieht es aus seiner Sicht, mich nervt es, Frauchen gefällt es.